LUA
LEITINHO
SAPO
FUTEZINHO
LEITINHO
FUTEZINHO
LEITINHO
“X”
SOL
“X”
SOBE DESCE
PEQUENO CIDADÃO
SOBE DESCE
LAGARTIXA
PEQUENO CIDADÃO
ANJINHO
SAPO
BONEQUINHA
ANJINHO
UIRAPURU
CHUPETA
FUTEZINHO
SOL
SOBE DESCE
LUA
LEITINHO
“X”
LUA
BONEQUINHA
UIRAPURU
PEQUENO CIDADÃO
UIRAPURU
LAGARTIXA
BONEQUINHA
SAPO
LEITINHO
PEQUENO CIDADÃO
ANJINHO
“X”
SOL
SAPO
LUA
CHUPETA
UIRAPURU
LUA
“X”
SOBE DESCE
PEQUENO CIDADÃO
SOBE DESCE
LAGARTIXA
PEQUENO CIDADÃO
ANJINHO
SAPO
BONEQUINHA
ANJINHO
UIRAPURU
CHUPETA
FUTEZINHO
SOL
SOBE DESCE

A FANTÁSTICA VIAGEM DO PEQUENO CIDADÃO

A FANTÁSTICA VIAGEM DO PEQUENO CIDADÃO

de Januária Cristina Alves

A partir das canções e dos personagens do CD *Pequeno Cidadão*, de Antonio Pinto, Arnaldo Antunes, Edgard Scandurra e Taciana Barros.

Setembro/2010

LeYa

Não quero amigos adultos e nem chatos. Quero-os metade infância e outra metade velhice. Crianças, para que não esqueçam o valor do vento no rosto, e velhos, para que nunca tenham pressa.
(Oscar Wilde)

PEQUENO CIDADÃO é um projeto de Arnaldo Antunes, Edgard Scandurra, Taciana Barros e Antonio Pinto.

O *Pequeno Cidadão* nasceu em 2009, num CD gravado por quatro pais corujas e seus filhos queridos, só com músicas para crianças. Mas, como ele é um menino muito independente e curioso, resolveu entrar neste livro para aprender coisas novas e cheias de magia. Nas asas de um uirapuru gigante, seu fiel companheiro, ele faz uma viagem fantástica, cheia de imagens bonitas. Uma viagem que só foi possível porque a escritora Januária Alves, que entende muito de crianças, resolveu contar esta história. E porque Jimmy Leroy, um grande artista, criou as ilustrações.

Tomara que você se divirta tanto quanto o Pec!

Este livro é para as crianças, claro.
Mas sem algumas delas ele simplesmente não existiria!
Então, muito obrigada...

Ao Pedro, meu filho, e ao Joaquim, que se tornaram amigos e, por causa disso, conheci o Edgard, a Taciana... e aí isso tudo começou!

Ao André, meu filho que, enquanto eu escrevia, inseria algumas palavras para compor o texto – ele adora brincar com as palavras! Foi assim que ele me deu a ideia de o Pequeno Cidadão já nascer com sete anos...

E aos mais velhos, com alma de criança, aqui também vai o meu agradecimento sincero:

À minha sogra, Neuza, que me acolheu em sua casa para que eu tivesse a pausa necessária para iniciar essa viagem com o Pequeno Cidadão.

Ao meu editor Pascoal, que abraçou este projeto com a crença e o entusiasmo que ele precisava para existir.

À Luciana Rangel, amiga e advogada que me apoiou neste desafio com sua competência, paciência e sabedoria.

E ao Rubens, meu marido, que me lembrou de que eu precisava continuar a minha viagem... escrevendo para crianças.

SUMÁRIO

CAPÍTULO UM:

X, O MEU PLANETA

Olhando-se aqui de cima, ele é mesmo um X. Meu planeta se chama X porque tem o formato de um x. Óbvio, né? Quando as crianças dão nome às coisas, é porque as coisas se parecem com os nomes, que é pra não complicar muito! Quem gosta de complicar muuuuito são os adultos!

O planeta X fica perto da Terra e é muito parecido com ela, só que é menor e ainda está escondido: os astrônomos terráqueos se esqueceram de virar seus equipamentos (telescópios, Hubble e tais) de cabeça pra baixo, por isso não conseguem enxergá-lo!

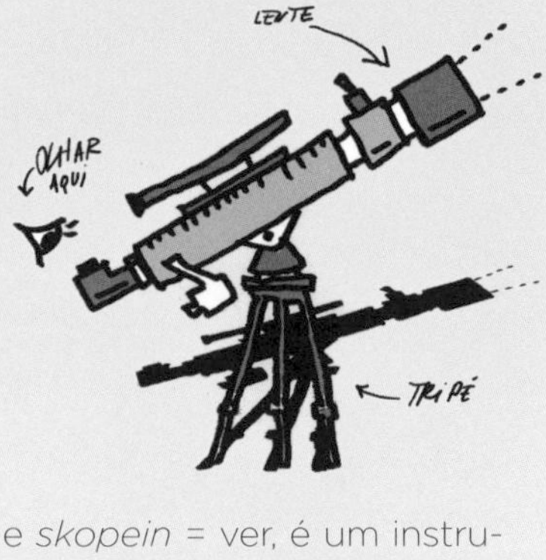

Telescópio: do latim *telescopium*: *tele* = longe e *skopein* = ver, é um instrumento de observação astronômica cuja lente é um espelho.
Hubble: é um supersatélite astronômico, artificial, não tripulado, que transporta um grande telescópio capaz de ver muito, mas muuuiiiito looonnnge! Foi lançado em 1990 pela agência espacial estadunidense – Nasa.

Isso mesmo, para os habitantes da Terra, a gente só é visto de cabeça pra baixo: somos quase o contrário deles, o que nos dá uma visão superhipertransinteressante! É como se a gente fosse... o avesso deles!!!

Deixa eu explicar que é pra não confundir: a gente consegue enxergar a Terra daqui porque o x não tem avesso nem direito, nem lado de cima ou de baixo – nem certo nem errado! Se virar o x, você vai ver que ele é igual de qualquer lado! Mas a Terra é redonda! Então, para nos ver, eles precisam ficar de cabeça pra baixo!

Às vezes a gente se diverte com o nosso turbotelescópio observando a Terra, principalmente a vida das crianças, como nós. Gostamos de olhar os pequeninos, que ainda não andam nem falam. Isso a gente não tem aqui: no pla-

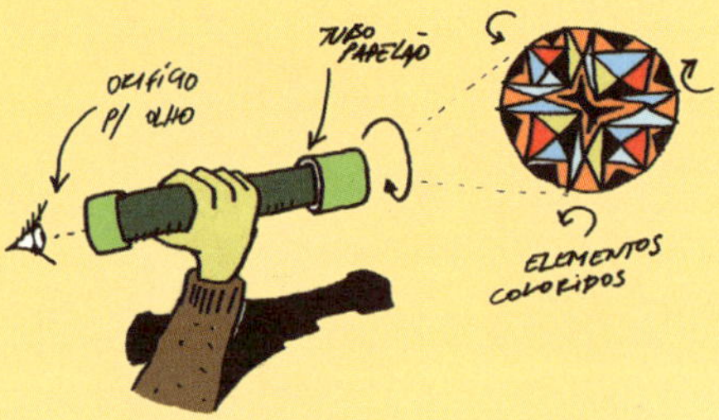

Caleidoscópio: é um aparelho formado por um tubo que contém diversos espelhos em seu interior, que, dispostos como pequenos objetos coloridos, produzem desenhos de formatos variados. Olhar um caleidoscópio é uma verdadeira VIAGEM!

neta X, já nascemos com sete anos, que é a idade em que a gente começa a escolher!

Se vocês não sabem, eu conto: o planeta X é o planeta das escolhas! Aqui do alto dá para ver muito bem, ele é multicolorido, parece que a gente está olhando num caleidoscópio: todas as cores que, misturadas, formam uma outra cor, que é impossível definir ou dar um nome...

Sempre digo que o planeta X é o "planeta-de-todas-as-cores", simplesmente porque tem todas dentro dele, misturadas de muitas maneiras... e aí... é só escolher! Como as misturas são infinitas, as opções são muitas também. Uma de nossas brincadeiras prediletas é misturar cores e pintar o nosso céu com elas! Vocês precisam ver como é lindo!

"OU SE TEM CHUVA E NÃO SE TEM SOL
OU SE TEM SOL E NÃO SE TEM CHUVA!

(...)

OU ISTO OU AQUILO, OU ISTO OU AQUILO
E VIVO ESCOLHENDO O DIA INTEIRO!

NÃO SEI SE BRINCO, NÃO SEI SE ESTUDO
SE SAIO CORRENDO OU FICO TRANQUILO

MAS NÃO CONSEGUI ENTENDER AINDA
QUAL É MELHOR, SE É ISTO OU AQUILO."

“Ou isto ou aquilo...”, diz uma poetisa terráquea, a brasileira Cecília Meireles. Acho que ela andou visitando o nosso planeta X, porque soube contar direitinho nesse poema como a nossa vida não é... brincadeira!

Pensa que escolher é fácil? Aqui no planeta X a gente seleciona tudo: se joga lixo na rua ou se recicla, se vai à escola ou se fica em casa fazendo nada, se ajuda os outros ou se nem liga... Parece fantástico, né? Mas eu vou contar pra vocês: NÃO É! Já pensou você ficar o tempo todo escolhe que escolhe, pensa que pensa, vê o que quer ou não quer? É difícil!

Sem falar que, para cada escolha, a gente acaba tendo outras tantas para fazer! Por exemplo: se opto por não ir à escola, fico em casa brincando, almoço a comidinha gostosa da minha mãe e brinco com o meu cachorro Urso. Mas aí não vejo os meus amigos, não jogo uma pelada no recreio, deixo de aprender alguma coisa interessante e posso me arrepender depois.

"Para cada escolha, uma história diferente", diz o nosso Ministro das Interrogações, o senhor João Questão. Ele coleciona perguntas de todas as pessoas do planeta X e depois as transforma em "SITUAÇÕES-PROBLEMA". Com isso, o Ministério guarda um verdadeiro tesouro de perguntas e respostas, das mais simples às mais complexas. São situações e situações com pelo menos duas soluções diferentes. É incrível!

SITUAÇÕES-PROBLEMA: são histórias com problemas que pedem soluções. Elas têm a ver com diversas áreas de nossas vidas, como nosso trabalho, nossas tarefas cotidianas e nosso relacionamento com as pessoas. E o que é mais legal é que essas soluções podem ser diferentes e diversas para o mesmo problema.

Aliás, é um tesouro mesmo. O Ministro sempre diz que a maior riqueza do nosso planeta é a condição que todos nós temos de selecionar, de criar e de viver milhares e milhares de histórias diferentes. "Escolher: o grande x da questão", é o lema do Ministério das Interrogações do planeta X.

Será que nos outros planetas as pessoas podem escolher? Olhando aqui do alto e escondidinho, não dá para saber; mesmo olhando o mais perto possível com o nosso turbotelescópio. Mas eu morro de vontade de descobrir. Gostaria de viajar até a Terra e a outros planetas também. Queria conhecer e, quem sabe, até escolher se continuo a viver aqui no X ou não.

Será que devo?

CAPÍTULO DOIS:

CANSEI, VOU VIAJAR!

O uirapuru é um pássaro raro aqui no planeta X. Ele é todo vermelho e, para nós, é imenso (dizem que na Terra ele é pequeno), voa alto, inclusive perto das estrelas maiores, como o Sol. Seu nome é Tangará, e somos amigos faz tempo.

— Pec, vamos brincar de viajar? – disse-me ele um dia, olhando para o alto.

— Viajar? Pra onde? – eu quis logo saber.

— Pra onde a gente quiser. Queria conhecer...

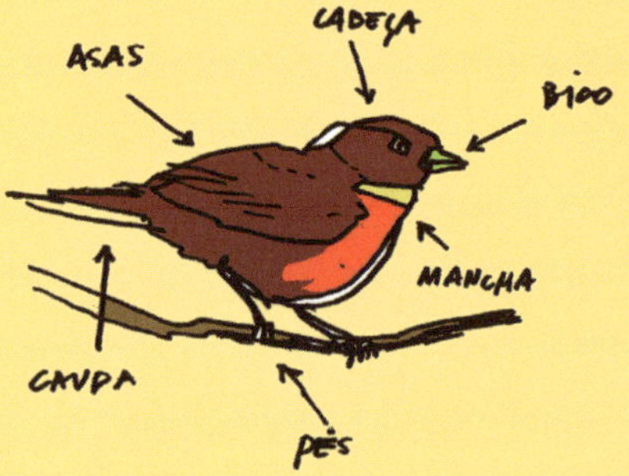

Uirapuru: é um pássaro típico do Norte do Brasil que vive na parte baixa da floresta. Come frutas, mas, principalmente, insetos. A palavra *wirapu'ru* vem do tupi-guarani. Ele é conhecido como o "pássaro músico". Existe uma lenda entre os índios brasileiros de que seu canto é tão maravilhoso que todos os outros pássaros da mata param de cantar para ouvi-lo!

— Conhecer pra poder escolher? – emendei eu, rindo alto.

É claro que ele não entendeu nada e continuou:

— Ah, sei lá, queria estar em outros planetas, ver pessoas e bichos diferentes, conhecer outros jeitos de pensar e de entender as coisas. Você não?

— Claro que sim, Tangará! Estava mesmo pensando nisso um dia desses! Mas nunca imaginei que você também quisesse a mesma coisa que eu!

— Então é simples! Vamos? – disse ele, já mostrando suas costas imensas e me convidando a montar ali para voar...

— Assim? Sem pensar muito? Já, já? – disse eu, um pouco assustado com a pressa do pássaro.

— Pássaros têm pressa, Pec. Justamente porque sabemos voar...

Cansei. Cansei de tantas situações-problema, de pensar nas escolhas. Montei nas costas do Tangará e... FUI!!!

CAPÍTULO TRÊS:
CRISE AMOROSA

Quando chegamos perto do Sol, alguém cantava uma música bonita que contava uma história que era mais ou menos assim:

O SOL PEDIU A LUA EM CASAMENTO
DISSE QUE JÁ A AMAVA
HÁ MUITO TEMPO
DESDE A ÉPOCA DOS DINOSSAUROS
PITERODÁCTILOS TIRANOSSAUROS
QUANDO NEM EXISTIA A BICICLETA
NEM O VELOTROL NEM A MOTOCICLETA
MAS A LUA ACHOU
AQUILO TÃO ESTRANHO
UMA BOLA QUENTE
QUE NEM TOMA BANHO!

IMAGINE SÓ! TENHA DÓ!

POIS MEU CORAÇÃO
NÃO PERTENCE A NINGUÉM

SOU A INSPIRAÇÃO DE TODOS OS CASAIS
DOS GRANDES POETAS AOS MAIS NORMAIS
SAI PRA LÁ RAPAZ

O SOL PEDIU A LUA EM CASAMENTO
E A LUA DISSE NÃO SEI, NÃO SEI,
NÃO SEI, ME DÁ UM TEMPO
E O SOL CONGELOU SEU CORAÇÃO...

ACONTECE QUE O SOL
NÃO SE CONFORMOU
FOI PEDIR AO VENTO PARA LHE AJUDAR
MAS O VENTO NEM SEQUER PAROU
POIS NÃO TINHA TEMPO
PARA CONVERSAR

O SOL SEM SABER MAIS O QUE FAZER
COM TANTO AMOR PRA DAR
COMEÇOU A CHORAR E A DERRETER
COMEÇOU A CHOVER E A MOLHAR
E A ESCURECER

O SOL PEDIU A LUA EM CASAMENTO
E A LUA DISSE NÃO SEI, NÃO SEI,
NÃO SEI, ME DÁ UM TEMPO
SE A LUA NÃO TE QUER, TUDO BEM

VOCÊ É LINDO CARA!
E SEU BRILHO VAI MUITO MAIS ALÉM
UM DIA VOCÊ VAI ENCONTRAR ALGUÉM
QUE COM CERTEZA
VAI TE AMAR TAMBÉM

— Xi, Pec! – disse o uirapuru enquanto fazia um gesto para eu descer do seu dorso. Estamos no meio de uma crise amorosa!

— Como assim, "crise amorosa"? – perguntei eu, meio confuso, ainda ouvindo a música e tentando entender a letra.

— Não está vendo?

Crise amorosa: é uma situação complicada em que um quer namorar, e o outro, não. Simplificando: é você gostar do outro e não ser correspondido!

O Sol está ficando congelado de tão triste, e a Lua... nem aí!

— Xi, é mesmo! E se ele ficar assim, vai ser um prejuízo para a Terra! – disse eu, já pensando no que aconteceria se o astro-rei dos terráqueos virasse uma bola de gelo em vez de uma bola de fogo...

— Talvez não vire, não... Você ouviu o que diz a música no final?

— “Se a Lua não te quer, tudo bem/você é lindo, cara, e seu brilho vai muito mais além/um dia você vai encontrar alguém/que com certeza vai te amar também”. Legal, né? – falei.

— Pra você ver, Pec, até mesmo para um astro-rei abandonado sempre tem uma outra possibilidade, o avesso de uma história para contar... – retrucou Tangará, quase lendo os meus pensamentos.

— Se o Sol não se casar com a Lua, o que pode acontecer com ele? – perguntei em voz alta.

— Pode morrer de amor... Pode ficar solteiro para todo o imenso sempre...

— Ou ainda casar com outra criatura desse imenso universo... – completei eu.

— E outras tantas coisas podem acontecer, um mar de histórias diferentes que podem se tornar reais a partir da opção que a Lua fez em não querer o amor do Sol! – finalizou o uirapuru.

Eu fiquei quieto, imaginando. Aqui também era um lugar onde as criaturas podiam escolher. Talvez por isso as histórias aconteciam. "Escolher: o x da questão", concluí novamente.

Tangará fez um gesto mostrando mais uma vez as suas costas, e eu montei. Fomos voando em busca de outro lugar para visitar.

CAPÍTULO QUATRO:
O PLANETA DOS BRINQUEDOS

Não demorou muito, e paramos numa pequena estrela que parecia um planeta. Pra ser sincero, nem eu nem Tangará estávamos preocupados com isso, o que a gente queria mesmo era viajar. E aquele planeta-estrela nos pareceu bem interessante.

Tudo era muito bonito e colorido por lá: casas em miniatura, muitas roupinhas, objetos minúsculos, ursos de pelúcia, carrinhos de diversos modelos. Pec conhecia aqueles objetos porque já os tinha visto quando observava as crianças da Terra: eram brinquedos!

Num painel, Pec viu uma lista de atividades intitulada "O que faz a Bonequinha do Papai" e ficou impressionado ao ver quanta coisa aquele brinquedo era capaz de fazer:

AH BONEQUINHA DO PAPAI VAI
BRINCAR DE PEGADOR DESCER NO
ESCORREGADOR VAI SAIR PRA PASSEAR
VAI CORRER PRA VELEJAR VAI PULAR
AMARELINHA SEJA FOFA OU MAGRINHA
VAI BRINCAR DE CABRA-CEGA
VAI CORRER COM O PAPA-LÉGUAS
VAI BRINCAR COM UM MENINO
ANDAR DE SUBMARINO PRA SUBIR NO
CORREDOR BRINCAR DE MERGULHADOR
SE ESCONDER DENTRO DO ARMÁRIO
VER PEIXINHOS NO AQUÁRIO TIRAR
SARRO DO IRMÃO VAI ANDAR DE AVIÃO
LIGAR O COMPUTADOR VAI SURFAR NA
INTERNET FAZER BOLA DE CHICLETE
VAI CHAMAR A ELIZABETH VAI SAIR
PRA VIAJAR NUM NAVIO EM ALTO-MAR
VAI BRINCAR COM UMA BONECA FAZER
BOLA DE MELECA ASSISTIR TELEVISÃO
VAI OUVIR AGORA NÃO VAI DORMIR
JÁ É BEM TARDE E AMANHÃ VAI TER

ESCOLA VAI BRINCAR DE JOGAR BOLA
VAI RODAR O BAMBOLÊ VAI PERGUNTAR
O PORQUÊ QUE A TERRA É REDONDA
VAI TOMAR BANHO DE SOL VAI CHUPAR
UM PICOLÉ VAI FAZER O QUE QUISER
VAI DE CARRO VAI A PÉ ESSA MINA
BONITINHA GATA DE MARIA-CHIQUINHA
BONITINHA DO PAPAI MOLEQUINHA
MALUQUINHA ESSA MINA É UMA
GRACINHA MENININHA MALUQUINHA
GATA DE MARIA-CHIQUINHA BONITINHA
DO PAPAI MENININHA MALUQUINHA ESSA
MINA É UMA GRACINHA MENININHA
MALUQUINHA BONITINHA DO PAPAI...

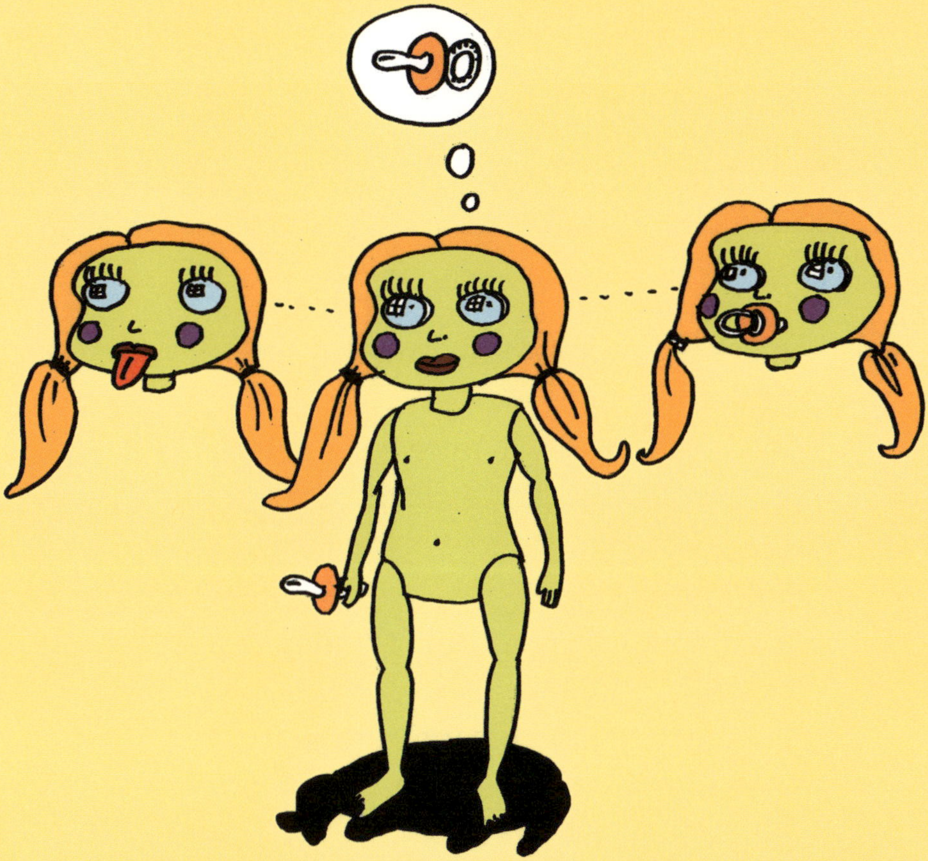

— Olá, tudo bem? Eu sou a Susi, a Bonequinha do Papai; e você, quem é? – perguntou uma criatura muito loura, com lindos olhos azuis, que apareceu de repente, bem na minha frente.

— Eu sou Pec, o Pequeno Cidadão. Estou viajando por alguns planetas e resolvi parar aqui, porque achei o lugar muito bonito e... diferente!

— Você trouxe a chupeta? – quis saber ela, falando baixinho.

— Chupeta? Que chupeta? – questionei.

— Estou procurando a minha chupeta. Joguei-a no mar sem me despedir... – disse a boneca, com ar tristonho.

— Você gostava muito da sua chupeta?

— Muito. Ela era uma amigona, sabe? Eu dormia com ela, brincava, via TV... – respondeu, num suspiro só.

— Mas, se você gostava tanto dela assim, por que a jogou no mar? – perguntei, sem entender direito.

— Porque minha mãe falou que eu cresci e que bonecas grandes não chupam mais chupeta... Ela disse que a chupeta atrapalha a gente, "é uma tampa de borracha na boca"! – repetiu isso umas 200 vezes até me convencer.

— Foi por isso que você a jogou no mar?

— Foi... Foi um jeito de fazer com que ela fosse viajar por aí e talvez até pudesse encontrar outras crianças ou bonecas que quisessem usá-la, né? Quando vocês apareceram, achei que tinham encontrado a minha chupeta no mar e a estavam trazendo de volta para mim, sabe? – completou ela, com um sorriso amarelo, faltando um dente.

— Sei... Infelizmente não trago a sua chupeta, não. Mas posso te mostrar uma coisa – disse, aproximando-me dela. Venha cá, olha aqui nesse turbotelescópio.

Susi se aproximou desconfiada e perguntou:

— Mas o que você vai me mostrar nessa geringonça aí?

— Ops! Isso não é uma geringonça, não! É um superturbotelescópio! Venha cá. Não gostaria de ver o que aconteceria se você não tivesse jogado a sua chupeta no mar?

— Como assim? – perguntou a boneca.

— Vou te mostrar uma "situação-problema" no meu turbotelescópio! No meu país, a gente coleciona uma centena delas! Você vai ver o que você vai ver: o que aconteceria se você crescesse e ainda usasse chupeta!...

Mais do que ressabiada, a boneca olhou no turbotelescópio e viu uma mãe chupando chupeta enquanto dava de mamar ao seu filhinho, um pai chupando uma chupetona enquanto trabalhava como médico, um avô com bengala e chupeta, uma avó com bobs e chupeta!

Susi começou a rir sem parar! Riu tanto que eu e Tangará começamos a rir também, porque ficou muito engraçado ver aquela boneca loura rindo até cair no chão! Até que ela foi parando devagar e, arregalando os olhos, disse, assustada:

Bobs: pequenos objetos cilíndricos, geralmente de plástico, usados para enrolar o cabelo. Detalhe: as mulheres de *bobs* costumam se sentir horríveis!!! Por isso elas só os usam quando estão no cabeleireiro ou trancadas no banheiro!

— Credo! Seria muito ridículo crescer e ficar usando essa chupeta enorme na boca! Nossa, eu ia parecer uma bobona. Não ia ter a menor graça! Que horror!

Eu e Tangará balançamos a cabeça, concordando.

— Acho que minha mãe estava certa: quando a gente cresce, tem de "se jogar no mar".

— Acho que o que ela quis dizer é que tem de viajar, conhecer outras pessoas, diversos mundos, viver coisas diferentes...– emendei, explicando como eu também entendia essa história.

— O bom foi que eu pude escolher entre ficar ou não com a chupeta. E mais legal ainda é ver que ela já está no mar, viajando, à procura de outras bocas para morar! – falou Susi, com olhos distantes e sonhadores.

— Mas essa já é uma outra história! – encerrou o uirapuru, enquanto fazia o gesto de "Monte aqui, Pec", e lá fomos nós em busca de outros mares (ou ares) para navegar...

CAPÍTULO CINCO:

NO PLANETA VERDE

Tangará estava sentindo falta de encontrar bichos como ele. Nossa viagem prosseguia. Conhecemos muitos seres diferentes, mas nada de bichos. Percebi que ele começava a se sentir só...

Foi então que avistamos um planeta muito pequeno todo verde. Verde mesmo. De todos os tons de verde que podem existir dentro do universo das cores verdes. Olhando para ele, a gente podia se dar conta do que é a variedade de tons que uma só cor pode ter! Era realmente impressionante!

Tangará quis descer lá. "É como ir pra casa", disse-me ele. Eu não entendi muito bem, pois ele era, de verdade, um pássaro raro e nobre no nosso planeta X... Mas ele esclareceu:

— Sou um bicho. E todos os bichos vieram do mesmo Verde. Então, estou em casa!

— Será que tem mais bichos por aqui? – eu quis logo saber, já descendo das costas do meu amigo voador.

— Gostaria que houvesse. Queria saber como é a vida por aqui... – retrucou ele.

"Por aqui só há bichos de estimação", disse uma voz, que em seguida emitiu um som como "COACH, COACH, COACH"...

Atrás da voz que coaxava estava um sapo-boi. Um sapo-boi que comia mosquitos, incluindo aqueles que transmitem doenças. Era um sapo enorme mesmo que mais parecia um boi!

— Meu nome é Coach, assim, em inglês mesmo. E sou totalmente ecologicamente correto! – disse ele, estufando o peito de orgulho.

Bichos de estimação: animais terrestres que são criados em casa pelos seres humanos. **Ecologicamente correto:** do grego *eko* = casa, habitat e *logos* = tratado, estudo. Ecologia é a parte da biologia que estuda as relações entre os seres vivos e o seu meio natural, assim como sua adaptação ao ambiente físico. Alguém é ecologicamente correto quando leva em conta todos esses fatores ao se relacionar com a natureza e os seres que dela fazem parte.

Mal tivemos tempo de nos apresentar, e Coach já começou a falar sem parar de como ele era a solução para uma doença chamada dengue, que podia até matar as pessoas que vivem na Terra. Segundo ele, poderia, junto com sua esposa, a sapa-vaca Cow, ter inúmeros filhotes e garantir que o mosquito que transmite a tal doença não sobreviva nem para contar uma historinha!

Ele falava e pulava sem parar, o que foi me deixando tonto e com vontade de vomitar! Há quem aguente um sapo papudo que não para de saltar?

Quando eu e o uirapuru já pensávamos em sumir na imensidão daquele verde e deixar aquele Coach chato coaxando sozinho, fomos interrompidos por uma correria infernal. Uma lagartixa tentava se livrar de um bando de meninos que a perseguiam!

Desesperada, ela gritava:

LARGA LARGA A LAGARTIXA
QUE ELA É DO BEM
LARGA LARGA A LAGARTIXA
QUE ELA É DO BEM

ELA CHUPA O PERNILONGO
QUE CHUPA O SANGUE DA GENTE
ELA CHUPA O PERNILONGO
QUE CHUPA A GENTE TAMBÉM

LARGA LARGA A LAGARTIXA
QUE ELA É DO BEM

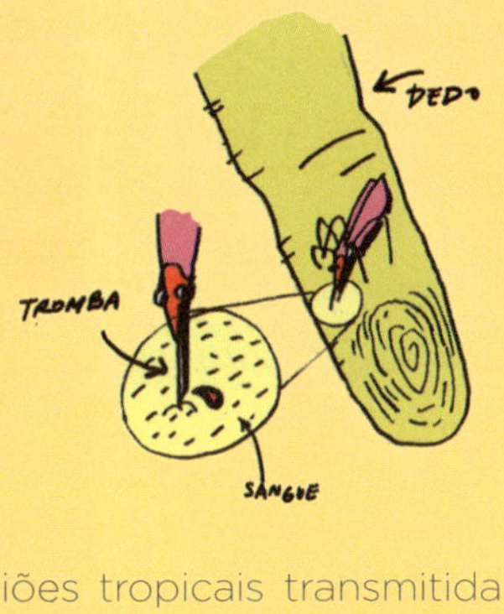

DENGUE: doença infecciosa febril aguda das regiões tropicais transmitida por um mosquito chamado *Aedes aegypti*. Atualmente, é considerada um dos principais problemas de saúde pública dos países tropicais.

... e os meninos não paravam de correr atrás dela!

— Puxa vida, Pec, uma lagartixa que não faz mal a ninguém, exceto aos pernilongos, claro! – disse Tangará, bastante impressionado com a perseguição a um bicho tão pequeno e quase indefeso.

— Pois é, Tangará! Essa lagartixa não é também um bicho de estimação como o Coach? Por que está sendo perseguida? – perguntei, já imaginando a resposta quilométrica que o sapo me daria.

— Essa é a turma dos que têm os pernilongos em casa como bichos de estimação! É assim neste planeta: todo mundo tem bicho de estimação, e ninguém faz mal a bicho nenhum! Então, acontecem sempre cenas como essas que vocês presenciaram: uma turma de Meninos Ecológicos que, para proteger o SEU bicho de estimação, corre para dar um susto nos outros bichos que comem aqueles que eles criam, entenderam? Esse é o jeito deles de proteger seus bichos de estimação! – retrucou Coach, mais confundindo do que esclarecendo.

— Peraí, peraí! – disse eu interrompendo o "fluxo palavrório" do sapo-boi. – Então você está dizendo que aqui nenhum bicho come o outro e que todos os habitantes do planeta protegem todos os bichos? Parece muito legal! – disse eu, encantado com a ideia.

— Ué... Mas como a natureza funciona aqui? Se ninguém come ninguém, se todos são de estimação... – ia perguntar Tangará.

— O planeta está superlotado, caros turistas! Tem mais bichos de estimação do que meninos para cuidar de todos nós! O que quer dizer que estamos abarrotados de criaturas! Já tem gente querendo embarcar na próxima nave desertora, porque aqui ES-GO-TOU, entendeu? – disse Coach, com o peito mais estufado do que nunca!

— Mas que encrenca! – suspirei eu, querendo entender melhor a situação.

— Pois é isso mesmo! Aqui não temos escolha: ou somos bichos de estimação e não podemos comer nada do que gostamos ou precisamos para viver, ou... morremos! Quer dizer, ainda dá pra cair fora, é só ficar esperto e aguardar uma das naves pirata que passam todos os dias levando bichos para outras terras distantes! Era segredo, mas parece que os habitantes daqui já descobriram! Então, já tem fila pra gente "picar a mula" desse lugar! – bufou o sapo-boi.

— E eu que sempre achei que cuidar dos bichos, não deixar que nada acontecesse com eles, era a única solução para eles não acabarem de vez... – pensei, em voz alta.

— Parece que não é assim, né? Se não for um cuidado especial, prestando atenção ao que cada um dos bichos precisa para viver bem, não adianta nada! – emendou Tangará.

— E isso quer dizer que, muitas vezes, a gente tem de se alimentar de outros bichos! – completou o sapo-boi. Sabe o que esses Meninos Ecológicos não entendem? QUE NÓS NÃO SOMOS BICHOS DE ESTIMAÇÃO!

Muito bravo, Coach já começava seu discurso:

— Bicho de estimação é uma coisa, nós somos bichos das florestas, o que é outra TO-TAL-MEN-TE diferente!

Antes que eu começasse a ficar tonto de novo, interrompi a fala dele para tentar encerrar a questão:

— Pois é, Coach, é complicado mesmo! Pra resumir, é assim: se não cuidar direito, estraga do mesmo jeito! – concluí.

E ainda conversei com os meus botões. "Até pra cuidar a gente tem de saber escolher: se cuida pensando no que é bom pra gente ou no que o outro precisa!". "Mas aí" – imaginei de novo – "é uma nova história!"

Fez-se um silêncio, e nós três nos entreolhamos e demos um sorriso maroto! Tangará olhou de lado, para as suas costas e...

... foi assim que, naquele dia, os habitantes do planeta Verde viram um sapo-boi sair voando nas costas de um pássaro esquisito, de carona, no colo de um menino...

CAPÍTULO SEIS:

O PLANETA REDONDO (ORAS, BOLAS!)

Pousamos num planeta muuuiiiito redondo, dividido em gomos. Assim que chegamos vimos que havia cópias de bolas no formato do planeta soltas por todos os lugares. Tudo parecia meio desorganizado.

— Quem não faz toma! – gritou um senhor baixinho, que deu de cara com a gente. – E quem são vocês? Vieram disputar o campeonato de futebol?

— Não, estamos só de passagem – respondi, já querendo perguntar onde estávamos e o que estava acontecendo.

— Mas, de qualquer modo, é bom saber que aqui quem não faz toma! E vale tudo, inclusive carrinho por trás! – foi dizendo o homenzinho, com cara de zangado.

— Esse aqui é o planeta Redondo? – perguntou Coach.

— É isso mesmo! – respondeu o senhor bravo, que se apresentou como senhor Canelão.

— Ah, sei... É o planeta onde todos jogam bola o tempo todo... E também brigam sempre, não é? – questionou de novo o Coach, com o peito querendo estufar.

— A vida aqui é mesmo muito competitiva! – esbravejou o habitante do planeta Redondo – Por isso, quem não faz toma! – e seguiu em frente, correndo atrás de uma bola que passou, sem “dar muita bola” pra gente.

— Olha só! Deixou a gente falando sozinho! – disse eu, meio atrapalhado com o jeito mal-educado do homenzinho.

Competitivo: alguém que compete ou concorre com outro, que vai em busca de um mesmo objetivo ou objeto ao mesmo tempo que outra pessoa.

— Parece que aqui as coisas são assim, Pec. Todos correm o dia inteiro atrás da bola, o que importa é ganhar sempre, de qualquer jeito! Por aqui se vive para competir, o que faz de todos os habitantes do planeta Redondo um povo muito... estressado! – explicou o sapo-boi.

— E eles são felizes assim? – quis saber Tangará.

— O que você acha? – respondeu um menino que apareceu de repente, na frente de uma bola.

Era um garoto parecido com Pec, de óculos de aro de metal, com ar sério.

— Oi... quem é você? – perguntei, aproximando-me dele.

— Sou Beque, um habitante deste planeta... Você acha que alguém pode ser feliz tendo de jogar bola sem parar e ganhar a qualquer preço?

— Bom, acho que deve dar um certo enjoo, ter de fazer as mesmas coisas, sempre... – comecei a responder.

— Como se fosse só isso! O pior é esse vale-tudo, inclusive carrinho por trás! Aqui a gente não tem o prazer de jogar um jogo bonito, criativo, divertido! Pra ganhar, as pessoas acabam fazendo trapaça, e aí fica todo mundo com raiva, mal-humorado! O "futezinho", nosso futebol tão querido de todos os meninos, virou uma briga chata que não leva a gente a lugar nenhum! – desabafou o garoto sentando na bola, com olhar desconsolado.

Carrinho por trás: é um lance de futebol em que o jogador se atira no chão, jogando as pernas para a frente. Se ele faz isso para impedir o outro jogador de concluir sua jogada e o machuca, é um lance ilegal, e o jogador que o praticou pode sofrer penalidade. Ou seja, carrinho por trás é jogo sujo!

QUANDO ESTOU NA ESCOLA
É A MELHOR HORA DA VIDA
SE EU POSSO JOGAR BOLA
NA ENTRADA OU NA SAÍDA

NO RECREIO TAMBÉM ROLA
E É MAIS LEGAL AINDA
FICA TODO MUNDO OLHANDO
E VIBRANDO COM A PARTIDA

COMO AGORA SEM DEMORA
O ÚLTIMO LANCE VAMOS LOGO
PASSA A BOLA RECEBI
QUASE PERDI PRO LADRÃO
QUE EU NEM VI

CHEGOU O PRIMEIRO PEDALEI E PASSEI
CHEGOU O SEGUNDO
E EU TAMBÉM DRIBLEI
VEIO O TERCEIRO
E EU FIZ UMA TABELA
TÔ LIVRE, PARCEIRO
VOU CHUTAR DE TRIVELA...

É GOOOOOOOOOOOOOOL!!!!

— E o que vocês podem fazer pra mudar isso? – disse Tangará, indo direto ao ponto.

— Ter regras, é claro! – respondi, de imediato.

— Regras? O que é isso? – interessou-se o menino, já prevendo uma possível solução para o problema.

Eu me apressei em explicar a ele o que eram e como se aplicavam as regras. Fui contando como elas eram uma coisa que a gente tinha no planeta X e que funcionava muito bem, especialmente porque onde tem muita gente, se não há regras, vira bagunça, como estava acontecendo no planeta Redondo.

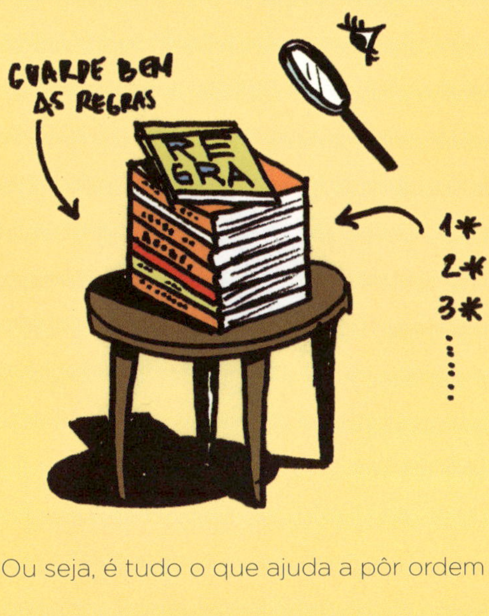

REGRA: princípio, norma, disciplina. Ou seja, é tudo o que ajuda a pôr ordem na bagunça!

Beque escutou tudo com atenção, com olhos brilhantes de esperança!

Coach, esperto como ele só, foi anotando tudo o que eu dizia, já prevendo que seria importante Beque levar aquela novidade para todos os outros meninos do planeta.

E dessa forma o planeta Redondo viveu seu primeiro momento democrático: um plebiscito para decidir, dali em diante, como seriam as peladas de futebol. Os meninos se animaram para formar times. Nosso amigo ranzinza senhor Canelão deu para sorrir, satisfeito

Democracia: é um regime político genial criado pelos gregos há muuuiiito tempo, baseado na liberdade popular e eleitoral, na divisão de poderes e no controle da autoridade. Ou seja, o povo é o "dono da bola, e ninguém tasca", sacou? **Plebiscito:** é uma questão submetida à apreciação e à decisão do povo, uma votação em que a maioria decide o resultado, certo?

com a sua nova função de coordenar esses grupos e vigiar se as regras estavam sendo cumpridas.

E o planeta Redondo ficou completamente "redondo": organizado, tranquilo, andando leve, solto, como uma grande bola rumo ao gol....

CAPÍTULO SETE:

O PLANETA SOBE E DESCE

Era noite quando chegamos ao planeta Sobe e Desce. Eu sempre quis conhecer esse lugar porque todos no planeta X diziam que era nosso planeta-irmão. Quer dizer, ele era muito parecido com o nosso.

Sobrevoamos a superfície lisa, quase leitosa do planeta, e a atmosfera era tranquila. As habitações dos seres que ali viviam eram iguais, coloridas com cores diferentes, mas muito harmônicas. Tudo combinava. Mesmo sendo noite, a gente olhava e tinha a sensação de estar tudo em paz.

Caminhamos até o centro do planeta e ficamos surpresos, ou melhor, quase assombrados com o que vimos! Havia ali uma miniatura do próprio planeta Sobe e Desce só que completamente... diferente! Era completamente desigual do que a gente estava vendo logo acima do centro, era o contrário daquela paz e organização que acabáramos de presenciar!

Tangará falou, meio abobado:

— Se aqui tudo o que sobe desce, estamos vendo o planeta... descendo! Ao contrário!

Era isso aí! O planeta miniatura mostrava o outro lado do planeta, agora habitado, como se fosse um lembrete do que ele poderia ser se não fosse assim. Uma imagem de futuro que poderia ser do presente. Uma imagem de uma outra história possível....

Então a gente se aproximou de uma janela. Olhamos de mansinho o que acontecia dentro da casa. Uma moça segurava um bebê ainda pequeno no colo (achei que era uma mãe e sua filhinha) e cantava para ele uma linda canção, que dizia assim:

MEU ANJINHO
MEU ANJINHO

FECHE OS OLHOS
DE MANSINHO
DEIXE O SONO
POUSAR

PRA SONHAR
COM BORBOLETAS

AMARELAS
VIOLETAS
(BRANCAS, AZUIS, VERMELHAS,
VERDES, PRETAS, PINTADAS,
LISTRADAS, XADREZES)

POIS O SOL
JÁ FOI DORMIR
PARA A NOITE
TE ABRAÇAR

E AS ESTRELAS PRATEADAS
(DOURADAS, BRILHANTES, ESMERALDAS)

LÁ DO CÉU
VÃO ILUMINAR
AS FADAS
(E OS DUENDES, ELFOS, CURUPIRAS)
AS FLORES
O RIO
O MAR
E AQUI DENTRO
(E AQUI DENTRO, NO ESCURINHO)
NO ESCURINHO
NOS BRAÇOS DESTA CANÇÃO
VOU TE NINAR

Eu fiquei muito emocionado. Talvez porque nunca tivesse sido pequeno como aquela menina (nasci com sete anos, lembra?). Ou porque a voz daquela mãe lembrou a da minha, de quem já estava com saudade. Foi bonito ver a menina tomar uma mamadeira de leite bem quentinho (isso era o que a mãe havia dito a ela assim que a gente chegou e começou a olhá-las) e depois dormir, com a cabeça bem perto do coração da mãe.

"Que delícia ter alguém para cuidar da gente", pensei eu, olhando para Tangará e Coach, que também espiavam a cena, com cara de saudades!

Saímos dali emocionados e talvez por isso andamos à toa. E observamos muitas coisas presentes no planeta, coisas que sobem e descem:

Pipa

Elevador

Balão

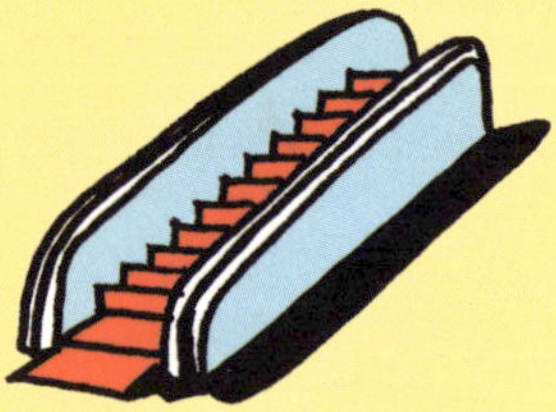

Roda-gigante

Escada rolante

Foguete

Avião

Som

Sol...

Eu

Você...

Vulcão!

Nosso companheiro de viagem, o sapo-boi, anotou tudo com prazer – ele adorava anotar o que via, esse sapo papudo! – e se entusiasmou tanto que resolveu até compor uma música com todos os elementos que viu. Olha só como ficou divertida:

TUDO O QUE SOBE TEM QUE DESCER
TUDO O QUE DESCE TEM QUE SUBIR
TUDO O QUE SOBE TEM QUE DESCER

SOBE DESCE
SOBE DESCE

PIPA PÁLPEBRA PÁSSARO
CHUVA ELEVADOR
SOM BALÃO RODA-GIGANTE
EU VOCÊ PASSAGEIRO
SOL LUA AVIÃO
TEMPERATURA ESCADA ROLANTE
BOLA CABELO CHEIRO
VULCÃO ERUPÇÃO
PÁLPEBRA SOBRANCELHA

Com seu coaxado diferente, Coach logo chamou a atenção dos habitantes do planeta Sobe e Desce! Não demorou muito e já tinha um monte de gente cantando a música com ele!

E assim, subindo e descendo ladeiras, nesse carnaval de possibilidades, fomos entendendo como funcionava esse lugar. A mãe cuidara da menina naquela noite. No dia seguinte, encontramos a menina brincando com a mãe, dando muitas alegrias para ela.

Era esse o sobe e desce, o vai e vem que todos vivenciavam ali: tudo o que as pessoas faziam voltava para elas – de bom e de ruim! –, lembrava a miniatura desigual, plantada no centro do planeta.

Possibilidade: é uma qualidade de tudo o que é possível, de tudo o que pode ser, se fazer ou realizar.

“Mais uma vez, tudo é uma questão de escolha”, lembrei eu, pensando no meu querido planeta X. Pois é...

“Escolher é sempre o x da questão”!

CAPÍTULO SETE VÍRGULA CINCO:
DE VOLTA PRO X

A visita ao planeta Sobe e Desce nos indicou que nossa viagem chegava ao fim. Coach, nosso querido sapo-boi, gostou tanto da possibilidade de ir e vir, de escolher e “desescolher” que resolveu ficar no planeta Sobe e Desce. “Achei a minha praia”, disse ele, absolutamente feliz. Eu e Tangará ficamos um pouco tristes, porque gostaríamos de apresentar o planeta X a ele, mas achamos que não valia a pena insistir. Ele iria ficar bem ali, com certeza.

Até porque eu e Tangará chegamos à conclusão, depois de ter viajado bastante e por tantos lugares, de que o nosso planeta X era um pouco de todos os pla-

Escolher: selecionar, adotar, preferir, optar, eleger. Quem escolhe pode ser livre!

netas que havíamos visto, inclusive o planeta Terra, que a gente tanto gostava de bisbilhotar pelo nosso turbotelescópio.

— Escolher é o x da questão, certo, Tangará? – perguntei eu, dando um abraço apertado no meu companheiro de viagem.

— Claro que sim, Pec! A gente seleciona o tempo todo e só assim vai fazendo a nossa história! Todo mundo inventa a sua, e a gente só inventa porque opta por isso ou aquilo!

— Continuo achando que é difícil fazer isso a todo instante! Mas agora vejo que também é muito divertido e que só assim a vida tem graça! Lembra como estavam tristes os meninos do planeta Redondo? – disse eu, já convencido de que escolher é o nosso maior tesouro.

— E isso me faz pensar que todo mundo é como você, Pec, um Pequeno Cidadão! Porque eu acho que cidadão é, além daquele que vive na cidade, aquele cara que cuida e é cuidado por ela, que faz uma escolha todo dia para viver melhor! Concorda? – emendou Tangará, todo satisfeito com a sua conclusão inteligente.

— Concordo, Tangará. Veja só como concordo totalmente. Ouça a música que acabei de fazer:

AGORA PODE TOMAR BANHO
AGORA PODE SENTAR PRA COMER
AGORA PODE ESCOVAR OS DENTES
AGORA PEGA UM LIVRO PODE LER

AGORA TEM QUE JOGAR VIDEOGAME
AGORA TEM QUE ASSISTIR TV
AGORA TEM QUE COMER CHOCOLATE
AGORA TEM QUE GRITAR PRA VALER

AGORA PODE FAZER A LIÇÃO
AGORA PODE ARRUMAR O QUARTO
AGORA PEGA O QUE JOGOU NO CHÃO
AGORA PODE AMARRAR O SAPATO

Cidadão: é a pessoa que tem, no Estado onde mora, direitos civis e políticos, especialmente o direito de votar para escolher seus governantes. Melhor dizer que é toda pessoa que tem direito a ter direitos!

AGORA TEM QUE JOGAR
BOLA DENTRO DE CASA
AGORA TEM QUE BAGUNÇAR
AGORA TEM QUE SE SUJAR DE LAMA
AGORA TEM QUE PULAR NO SOFÁ

É SINAL DE EDUCAÇÃO
FAZER SUA OBRIGAÇÃO
PARA TER O SEU DIREITO
DE PEQUENO CIDADÃO

Cidade: é um centro urbano, um complexo demográfico, social e econômico, formado por diversas pessoas. É o lugar que a gente escolhe para viver em comunidade e feliz!

— Nossa, Pec, que legal! Sabia que essa música podia até ser o hino do planeta X? – falou Tangará, aplaudindo.

Então, Pec compreendeu que agora tinha novos olhos de ver, apesar de ter os mesmos olhos de antes. Foi como se o menino virasse outra pessoa sendo ele mesmo.

E ele foi longe, voando alto, dentro de tudo, voltando perto... Foi ficando cada vez mais livre, crescendo, se soltando... e, assim, tornou-se um grande cidadão!

FIM

JANUÁRIA CRISTINA ALVES

Resolveu escrever livros porque eles sempre foram seus grandes amigos. Nas páginas de papel, faz viagens fantásticas: vai da lua ao fundo de um vulcão num minuto, chora e ri com as peripécias dos seus heróis. Lendo, um mundo de possibilidades se abre para ela. Por isso escreveu esta história: para que você possa viajar num mar de escolhas e aventuras junto com o Pequeno Cidadão!

JIMMY LEROY

Jimmy cresceu desenhando, assistindo à desenhos na TV e lendo todo tipo de livros, principalmente revistinhas em quadrinhos. Sempre gostou de pintar, mas preferiu ficar no mundo do traço. Desenhar o *Pequeno Cidadão* foi uma alegria, pois relembrou os momentos mágicos de sua passagem da infância para a adolescência. Além da criação das filhas, ele dedica muito do seu tempo trabalhando para as crianças.

Preparação e revisão de textos: Débora Tamayose Lopes

Ilustrações: Jimmy Leroy

Capa: Jimmy Leroy

Projeto gráfico e diagramação: Jimmy Leroy e Bruno Thomaz

Dados internacionais de catalogação na publicação (CIP-Brasil)
Ficha catalográfica elaborada por Oficina Miríade, RJ, Brasil.

A474

Alves, Januária Cristina, 1966-
A fantástica viagem do pequeno cidadão /
Januária Cristina Alves. - São Paulo : Leya, 2010.
100 p. : il. color.

"A partir das canções e dos personagens do CD
'Pequeno Cidadão', de Antônio Pinto, Arnaldo
Antunes, Edgard Scandurra e Taciana Barros."

ISBN 978-85-62936-62-3

1. Literatura infanto-juvenil brasileira.
2. Literatura infanto-juvenil. 3. Literatura brasileira.
I. Título.

10-0045 CDD 808.899282

2010

TEXTO EDITORES LTDA.
[Uma editora do grupo LeYa]
Av. Angélica, 2163 – Conjunto 175
01227-200 – Santa Cecília – São Paulo – SP – Brasil
www.leya.com

Este livro foi composto em
Caecilia e Pequeno Cidadão
para a LeYa em
setembro de 2010

LUA
LEITINHO
"X"
SOL
BONEQUINHA
FUTEZINHO
LEITINHO
CHUPETA
FUTEZINHO
LEITINHO
"X"
SOL
"X"
LAGARTIXA
PEQUENO CIDADÃO
SOBE DESCE
LAGARTIXA
PEQUENO CIDADÃO
ANJINHO
SAPO
BONEQUINHA
ANJINHO
SOL
CHUPETA
FUTEZINHO
SOL
SOBE DESCE
LUA
LEITINHO
"X"
LUA
CHUPETA
UIRAPURU
PEQUENO CIDADÃO
UIRAPURU
LAGARTIXA
BONEQUINHA
SAPO
LEITINHO
PEQUENO CIDADÃO
SOBE DESCE
"X"
SOL
SAPO
LUA
CHUPETA
UIRAPURU
LUA
"X"
LAGARTIXA
PEQUENO CIDADÃO
SOBE DESCE
LAGARTIXA
PEQUENO CIDADÃO
ANJINHO
SAPO
BONEQUINHA
ANJINHO
SOL
CHUPETA
FUTEZINHO
SOL
SOBE DESCE